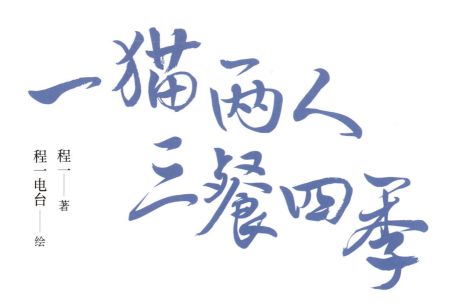

一猫两人三餐四季

程一——著

程一电台——绘

国际文化出版公司

·北京·

图书在版编目（CIP）数据

　　一猫两人三餐四季／程一著 .－－北京：国际文化
出版公司,2023.3
　　ISBN 978-7-5125-1460-7

　　Ⅰ.①一…Ⅱ.①程…Ⅲ.①长篇小说－中国－当代
Ⅳ.①I247.5

中国版本图书馆 CIP 数据核字 (2022) 第 217705 号

一猫两人三餐四季

作　　者　程　一
责任编辑　戴　婕
策划编辑　李月月
美术编辑　李爱雪
出版发行　国际文化出版公司
经　　销　国文润华文化传媒（北京）有限责任公司
印　　刷　北京天恒嘉业印刷有限公司
开　　本　880 毫米 ×1280 毫米　　　32 开
　　　　　7.75 印张　　　　　　　151 千字
版　　次　2023 年 3 月第 1 版
　　　　　2023 年 3 月第 1 次印刷
书　　号　ISBN 978-7-5125-1460-7
定　　价　75.00 元

国际文化出版公司
北京朝阳区东土城路乙 9 号　　　　邮编：100013
总编室：（010）64270995　　　传真：（010）64270995
销售热线：（010）64271187
传真：（010）64271187-800
E-mail：icpc@95777.sina.net

自序

· 欢迎扫码收听 ·

目录
CONTENTS

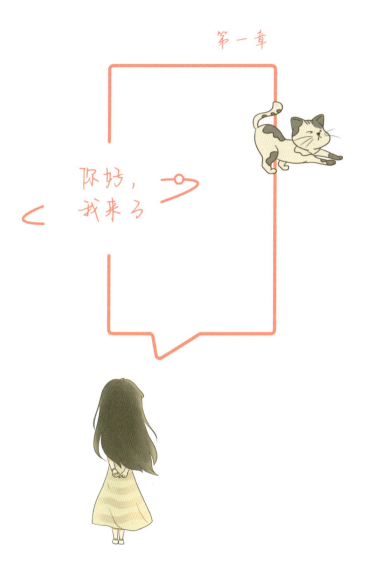

B市，云象传媒。

"坐。"于若楠招呼陈艾落座。

"好的，谢谢。"

"陈艾，对吧。"于若楠翻弄着桌上的一沓面试表，"简单介绍下自己吧。"

陈艾对这场终面准备得很充分，问题虽然刁钻，但陈艾想得周全，对答如流。

"最后一个问题，如果你被录用为策划助理，你觉得你多久可以实现职业晋升，独立主导一个项目？"于若楠注视着眼前的女生。

陈艾是传媒大学广告专业的研究生，于若楠虽然不介意带新人，但是她不想要一张白纸。

"如果有幸能够成为于总团队的一员，我觉得让我参与两次团队工作，就可以独立负责一个项目。"

清晨，别忘了
和太阳说早安

从会议室走出来，陈艾低着斗思考自己被录取的可能性。突然眼前一黑，反应过来时她已经和对面人的肩膀"亲密接触"了。

　　男人的手机以 5km/h 的速度从他手中脱落，在空中飞行片刻后，又重重摔落在地，滑行了 5 秒钟。

　　"你走路都不看路吗？"

　　"不……不好意思，我刚才在想事情。手机有问题吗？有损坏的话我赔钱给你。"陈艾赶忙微鞠着身子道歉。

　　"没事，以后走路时注意些。这次撞到的是我，下次在马路上遇到车，结果可就没这么走运了。"

　　"我以后一定注意，实在是对不起。"

　　尚远没再理她，转过身去往前走。

你的眼里有我

不曾到过的山川大海

"你们今年不是就招一个吗，竞聘的人这么多是不是很难选，要不我给你推荐一个人，这样你也不用纠结了。"

陈艾正打算离开，听到这句话，浑身像过了电流一样。这不是明目张胆地要走后门吗！

"楠姐，我马上到你们会议室了。"

陈艾看着对方敲门进入会议室，不禁捏紧了拳头。

她深吸一口气，敲了两下门，没等里面的人说请进，就擅自拧开门把手走了进去。

"我知道你们要说什么事，不好意思于总，可能我表现得有些莽撞，但请听完我下面要说的话。"陈艾深吸口气，继续说，"我刚才无意间听到这位先生说他要给您推荐一位员工。我觉得云象传媒作为正规公司，不应该出现这种以权谋私的行为。"

尚远看着眼前这个耳朵通红，但仍不卑不亢的女生笑出了声，他转过头对于若楠说："不好意思楠姐，我开个玩笑还给你捅娄子了。"

"所以你觉得我会做以权谋私的事吗？"于若楠目光紧盯着陈艾。

"我……我其实并不是为了自身的利益，毕竟就算名额不内定，也轮不到我。我只是觉得这种行为很不好，辜负了很多人的辛苦和努力。当然，如果是误会的话我赔礼道歉，对不起，给你们添麻烦了。"

见陈艾鞠躬道歉，态度诚恳，于若楠没有再计较，摆摆手说："陈艾，你的资料我已经传给人事部，周一记得来报到。"

陈艾闻言一愣：不是吧，我被录用了？！

为了庆祝被录取，陈艾决定改善下今晚的伙食——两袋火鸡面，加两根王中王火腿肠，再给她收养的小流浪猫加个罐头。

　　她刚打开门，小猫就迎上来，蹭蹭她的裤腿。陈艾把它抱在怀里，和它分享今天的喜悦。小猫"喵喵"叫着，像在替她高兴一样。

　　虽然不是什么大餐，但该有的仪式感不能少。陈艾刷干净那个摆拍专用的精美盘子，将煮好的面摆在盘中，并用切好的火腿肠铺盖在上面做点缀，再给小猫开个鱼罐头。

　　陈艾坐在桌前，看着面前的晚餐，心里默念着："以后会越来越好，陈艾不再是尘埃。"

　　小猫吃得津津有味，仿佛能听见她的心声一样，停下来"喵"了一声。

你最喜欢哪座城市？

@ 小青之 –：广州，喜欢的人在广州。

@ 一百种表情：喜欢的好像很多，最喜欢的还是家乡。

@linger：重庆、成都、长沙，爱吃辣！

♫ # ⋮ @　　　　　　　　　　　

扫一扫，参与讨论

不懂得结束的人，
无法重新开始

第二章

小毛方、
狐狸和玫瑰

陈艾睁开眼睛时，距离上班时间还有46分钟。

她一个堪比航天飞机起飞的弹射，直接从床上蹦了起来，匆匆地收拾一番，给小猫倒上猫粮，再打车去公司。

"师傅，去云象传媒有什么近道能走吗？"

"没有。"司机慵懒的态度表明对此情此景早已见怪不怪。

"那条路平时堵吗？"

"小雨街堵得很。"

"大哥，你直接点'订单已完成'扣费吧，我实在耗不起，先下车了。"

陈艾刚跑了300米就感觉上气不接下气，腿也跟灌了铅似的特别沉。

"你没事吧？"一辆黑色奔驰车缓缓停靠在路边，车窗摇下，一张让陈艾有些局促的面孔出现在她的视线里。

"我……我没事。"

"上车吧，我送你，正好我要去你们公司一趟。"尚远说，见陈艾有些迟疑，又道，"你不坐就算了，反正第一天上班就迟到的不是我。"

陈艾见状连忙说："谢谢！"随即上车。

"你好，我是小胖，你也可以叫我胖哥。"陈艾刚坐下，驾驶位上有位不愧"小胖"名号的男子转过身来热情地自我介绍。

"胖哥，麻烦你尽量开快一点，我9点前就要到公司……"

"放心吧，绝对赶得上！"

女孩，你要勇敢哭，
用力笑，别逞强

云象会议室。

陈艾推开门，发现大家已落座就位。她扫了一眼，都是些生面孔，除了楠姐和……

陈艾的目光停留在坐在上首的尚远身上，心想：难不成今天要开的，就是这位少爷的会？

"今天来呢，主要还是想沟通下弘祥商业广场的事情。这是我们嘉禧下半年的重点项目，目前招商情况非常可喜，大家对开业活动也十分期待，希望你们可以给我一些惊喜。"

于若楠当然清楚他的用意："尚总，贵司的急迫心情我完全可以理解。这次组里也会注入新的血液，希望可以让你感觉到所谓的……惊喜。给大家介绍下，这位是我们公司的新员工，今年的唯一校招生，陈艾，目前是我的助理。弘祥商业广场的项目，我打算让她加入进来跟进。以后你们有什么问题，可以直接找她沟通。"

陈艾站起来大方地说："大家好，我是陈艾。很高兴能和大家成为同事，以后有什么做得不对的地方，还望大家指正。"

1

做一个 🌸
又酷又飒的女孩！

2

3

4

5

6

7

为了防止上次堵车险些导致迟到的事情再次发生，陈艾决定买辆电动车。

"小妹妹，是想买车吗？我这的车都特别便宜，价格全市场最公道。"卖车大哥穿着拖鞋，有节奏地敲击着地面。

"这辆多少钱？"

"2800，真的不能再便宜了。这是辆二手车，原价要 4000 多呢，不信你去其他家打听打听。"

陈艾皱起眉，原本购车预算就只有 2500 块。

"陈艾？"

陈艾转过身，居然是小胖。

"还真是你，这么巧啊！我就住附近不远。你这是？"

卖车大哥激动地和小胖握手："哎哟喂，胖爷，什么风把您给吹来了。我刚在后面还真没注意，有失远迎，有失远迎。"

小胖没接他话，转而看向陈艾："陈艾，他刚给你报价报多少？"

"2800。"

"2000 块，能行我就让她骑走。"

"我的胖爷啊，今儿能给这价，完全是看您情面，我就一个要求，别对外宣传这车在我这 2000 拿的，不然生意没法做。"

"行了行了，给你开个张还这么多废话！"

陈艾兴奋地对着电动车左看右看："谢谢胖哥！没有你，我估计一分钱都砍不下来！胖哥，你爱吃什么，中午我请你吃饭！"

"陈艾，你就别往我这儿来了，你也吃啊。"

"我吃着呢，放心好了。"

正吃着，小胖放桌上的手机"嗡嗡"震动起来。

"喂，远子，你猜我跟谁吃饭呢，你铁定猜不出来……什么小莉，你死一边去。我让她接电话，看你能不能听出来。"

陈艾接过手机不知该如何是好，一脸茫然。小胖则用手指着手机，张大嘴默声说着尚远的名字。

"呃，喂，你好。你……你猜猜我是谁？"陈艾说完觉得自己像个智障一样。

"他说我是彤彤？"陈艾一脸疑惑地把手机递回给胖哥，就这一会儿工夫都说出俩姑娘的名儿了，想必这两个人平时的生活相当精彩。

"什么彤彤，净胡扯。"小胖嘟囔着接过手机，嗓门瞬间提升了好几个分贝，"我跟陈艾在一块呢。我跟你说，今儿可巧了，我遛个弯的工夫都能碰见刘华那孙子宰客……电话里也说不清楚，我们在吃涮羊肉呢，对对对，强哥那家，你也过来吧，陈艾非要请我吃饭，不让我掏钱，正好你来把账结了。"

陈艾听到这句，立马站起身来要去前台先把钱付了。可小胖身手敏捷，站起来把她拦住。

"尚远马上就来了，他刚好在附近，又给你省了顿饭钱。"

"不是，这不太好吧……"

"那有什么，陈艾你就是太客气了。"

火锅和
八卦最配

"哟，吃得挺热闹啊。"

"快坐快坐，陈艾这姑娘都快把我当猪喂了，你来还能替我分担点。"

"菜还够吗？要不我再加点吧。"陈艾看桌上所剩不多，拿起菜单准备再点一些。

"没关系，我来就行，这地儿我熟。"尚远招手喊了声服务员，熟门熟路地报了几个菜名。

"听说你今儿提车了？"尚远饶有兴致地看着陈艾，好看的桃花眼里分明装着几分调侃。

"你这说得也太高大上了，我就是买了辆二手电动车。"

"那这以后是不是再也看不到小雨街'女飞人'了？"尚远玩笑道。

/年 /月 /日   星期 一 二 三 四 五 六 日   □ ☺ □ 😠 □ 😢

与美食不可辜负

吃完饭后，三人走出火锅店。

"陈艾，你等下去哪儿？"尚远插着兜儿站在台阶上，嘴里还叼着根牙签，一副吊儿郎当的样子。

陈艾说："我回家，家里有只小猫等我呢。"

"你还养猫？养多久了？"

"没多久，是小区里的流浪猫，吃东西抢不过大猫，又瘦又小，现在被我喂得胖了一圈呢。"

原来还是个有爱心的姑娘，尚远心想，随后说："你上班路过个雨街，应该回去也要走那条道吧？这样，你把我捎到地铁口，我坐地铁回去。"然后把牙签从嘴里拿出来，丢进垃圾桶。

陈艾一愣，她没想到尚远私下里会这么接地气。

"我不是故意想蹭你车，我车送4S店保养了，今天没开，当然，你要觉得不方便我也可以打车。"尚远主动给自己找个台阶下。

"没什么不方便的，你带我吧，我骑车带人技术一般，怕把你摔着。"

陈艾想起上一次坐后座还是林宇嘉带着她。二人没分手时，林宇嘉经常带她出去兜风。春天的夜晚，夏天的夜晚，还有秋天的夜晚，每个与晚风为伍的快乐时光都是那么的真实。

书里总会写，人是善变的，一段感情总会从甜蜜走向陌路。当时的陈艾完全不信，她难以想象会是怎样强大的力量，才能让这么炽烈的爱瞬间消失。后来她明白了，根本就不需要什么强大的力量，一句"不爱了"，就够了。

林宇嘉是陈艾的初恋。考研的前一个月，他对陈艾说："陈艾，我喜欢你，如果咱俩都考上研，就在一起，好不好？"

后来两人如愿都考上了研究生，谈起了恋爱。

本以为二人可以长长久久，但没想到感情如此脆弱。

再忙，也要留点时间

用来浪费

"陈艾，你……你勒得我有些不太舒服。"

陈艾被这句话惊醒，诧异地发现自己竟然贴在尚远的后背上，双手紧紧环绕住他的腰。她赶忙松手，双颊瞬间温度飙升，变得爆红。

"对不起，我也不知怎么回事，就……"陈艾真想从电动车上跳下去，死掉算了。

天啊！自己刚才究竟在做什么！

"没……没事，就是我可能太胖了，被你勒得有些不太舒服。不过这样倒是挺安全的，骑车出行还是安全最重要。"尚远说话也有些磕磕绊绊的。不过，他很久没被女生这样抱过了，感觉竟然还不错。

八月的傍晚，路边的树叶随着微风摇摆，但是这风却丝毫没有让人觉得凉爽，反而裹挟着热浪，让人呼吸不畅。

看着尚远的后背，陈艾突然觉得心中沉甸甸的。她想，有的人，不是说遇见了就一定会发生故事，也不是有了故事就会有结局。

林宇嘉是这样，尚远也是这样。

小王子说：

🐾 我要为我的玫瑰负责

女生最忍受不了男生的
哪些行为？

- **@ 丢了海绵宝宝：**
  觉得自己很帅、油腻、自大、自以为是……

  @online~： ●
  经常说"随便"，前任就是这样，让我很无语。

- **@ 小八：**
  最不能忍受那种小气抠门的，什么第一次约会就要
  AA 这种，虽然我没有遇到过。

  ♪ # ⋮ @

扫一扫，参与讨论

不要总觉得
自己不值得！

第三章

会议结束后，陈艾收拾东西准备退场。

"对了陈艾，我明天就要出差了，你欠我们的那顿饭打算什么时候请？"

陈艾倒吸了口气，倘若尚远不提，自己还真就把这事给忘了。

"那……要不就今天？"

"行，于总那边我来说就行了，吃什么你来定。"

"不是，你们喜欢吃什么我也不清楚啊，要不你推荐下，我去打电话预订？"

"那要是都告诉你了，还干吗让你定。"尚远不怀好意地笑了笑，插着兜从陈艾身边走过，"我看好你喔。"

"你老大晚上有事推不开，晚饭就算你单独请我吧。"

陈艾盯着电脑屏幕上的消息，反复看了好几遍，确认尚远的意思是尽管楠姐有事来不了，但这顿饭他还是要吃。

"要不去吃牛肉面吧，你们公司楼下那家就不错！"尚远提议。

1

2

3

4

5

6

送自己一株向日葵，
奖励自己没有辜负
今天的阳光

7

"老板，两碗牛肉面，给我们小鬼再加份牛杂，这小身板不补补，晚上加班怕是挺不住啊！"尚远说话的时候眉头微微上扬，一双桃花眼含笑看着陈艾。

"小鬼？你才小鬼呢！"

"你不就是小鬼吗？今年多大？22还是21？"

"什么啊，我已经25了。我妈像我这么大的时候都已经有我了！"

"哦？你妈像你这么大的时候都有你了，那你呢，有男朋友吗？"

"你管我有没有男朋友干吗！以后喊我名字，别乱叫！"

"行了，小鬼赶紧吃吧，吃完赶紧回去加班。"说完，尚远想起来什么，问，"你家小猫有吃的吗？晚上会不会饿？"

陈艾没想到他还记得这个，说："隔壁邻居会帮忙喂，不用担心。"

尚远问猫长什么样，陈艾便从手机里翻出照片给他看，说："可爱吧？我养的。"照片上，小花猫依偎在陈艾怀里，小小的一只，而陈艾笑容明媚。

尚远心里一动，夸奖道："可爱。"

□ 😃 □ 😈 □ 😊

"斯人若彩虹，

遇上方知有"

早上醒来，陈艾明显感觉到自己的右边脸肿了起来，像嘴里塞着一个大核桃。

　　智齿发生这个问题其实早在几天前就已经显现，但陈艾不以为意，以为过两天就好了。可智齿硬是和陈艾对着干了三天，然后在第四天的今天，展露出自己的真实威力。

　　陈艾只好打电话给于若楠："于总，我今天请个假去医院，我牙疼得脸都肿了……啊没事没事，不是什么大问题。"

　　陈艾可算明白了"牙疼不是病，疼起来要人命"这句话的精髓，她实在是扛不住了，随便套了身宽松衣服，趿拉着拖鞋就出了门，直奔家附近的口腔医院。

我很忙，忙着可爱，
忙着变好 🐾

"喂，陈艾，听说你跟人打架了？"

"你是？"

"怎么？你连'爸爸'的电话都没听出来？"

陈艾翻了个白眼，立马就明白了这位自称"爸爸"的人便是那位巧言善辩的大爷（yé）——尚远。

"我跟谁打架啊，就我这身板也没人敢碰我，一碰就倒。"

"那我怎么听说你跟人打架，被人咣咣照着脸上捧了几拳，脸都给捧肿了。"

"我是牙疼！智齿发炎导致的脸肿！"

陈艾气得不行，这都哪儿传的消息！

尚远不再开玩笑，说："你在哪个医院啊？我刚从你们公司出来，现在正好也没什么事。"

"别别别，我可享受不起甲方的恩惠，您有很多事要忙，我不配排上您的日程表。"陈艾赶忙拒绝，她可不想让尚远看到自己现在这副蠢样。

"不是，我刚给你们于总打了电话，得出些新思路，说不定对你有用，就想跟你讲讲。"

陈艾听到这心里一动："那行吧，我微信发你位置。"

虽然我自己也可以，
但是你来了，
我还是很开心

"您好，请到治疗室外等候，我们林医生稍后为您进行处理。"

陈艾听见护士说的话，瞬间打起了精神。倒不是她太过敏感，而是她好死不死也有个学口腔医学的林姓前任，这一刻陈艾只想拜托命运不要跟自己开那么大的玩笑。

陈艾看到了墙上挂着的医生介绍，里面确实有个姓林的医生，而且名字起得也很棒，叫林宇嘉。五官就不说了，和前任一个模子里刻出来的。

"还挺巧的，竟然会以这种方式相见。我刚看到挂号名字，心想该不会是你吧，没想到还真是。"林宇嘉说。

陈艾冷笑道："嚯？确实和我之前想的见面方式不一样。我当时以为下次再见面，就是我去参加你的追悼会。"

林宇嘉无奈道："陈艾你的嘴还是这么厉害，一点都没变。"

"不，我变了，我里面智齿发炎了。"

"你这智齿得拔了。我先给你开点消炎药，然后你看最近哪天方便过来，我给你把它拔掉，一劳永逸。"

"切，反正渣男嘴里没一句实话。"陈艾接过药方就走。

身后传来林宇嘉的声音："你得注意饮食，别吃辛辣刺激的，而且千万别熬夜！"

"哟，出来了。"坐在门边座椅上候着的尚远，见陈艾出来后立马站起身来。

"你来得挺快啊。"陈艾刚想摘掉口罩呼吸儿口清凉空气，突然意识到今天自己脸肿着也就算了，还没化妆，这口罩可不能摘。

"我看看你肿成什么样了，严不严重。我有个朋友在市口腔医院上班，可以介绍很好的医生，我总觉得这里不太专业。"

"别看了，容易让人反胃。你等我下，我去拿个药。"

"你刚找哪位医生看的，行不行啊？我刚听说这儿有个姓林的医生还不错。"

"嘿，我就是让那姓林的看的，就那样吧，人品不咋地。"

"是吗，这你都了解？那就换一家，人品不行再好的医术也白搭。"

陈艾摇摇头："不换了，就这儿吧。"

看陈艾没有精神的样子，尚远有点儿担忧，说："行，那就改天再说。你回家好好躺着，注意休息，多喝水。"

□

□

□

□

□

谢谢路过，
谢谢错过

肚子饿和牙疼，究竟该做出怎样的取舍。

陈艾长叹一口气。在思考了5分钟后，她最终还是向肚子做出了妥协。

陈艾正拿着手机点外卖，发现尚远发来一条消息。

"工作的事情就先别想了，伺候好身体更重要，不然接下来要拿什么奋斗啊。"

"那我可真是谢谢您了，没您这提醒，我都想不起来工作这事儿。我一定好好做方案，您就放心吧，尚大爷。"

"你现在有没感觉舒服点，要不让那个林医生上门再给你摆弄摆弄牙齿？"

"不用了大爷，我上午都说了，医生人品有问题，您还给我安排上门服务。您呢，要是对我工作能力有意见，可以向于总提嘛，干吗要这样置我于死地呢？"

"不是，我以为你开玩笑呢。再说你这头一次去人家医院，就说医生人品不好，你又没跟人处过对象，对吧，干吗要这么说别人呢。"

"我处过。"

"什么？"

喜欢就像咳嗽一样，
是忍不住的

电话那一头陷入了沉默，陈艾则坐在床上开心地左摇右晃，她知道尚远此刻一定很尴尬，想到对方那副不知所措的样子，陈艾就笑得更开心了。

片刻后，尚远发来一条消息："你中午吃什么？要不我给送份粥吧。"

陈艾想起大学的时候，林宇嘉经常在自己不愿意下楼吃饭的时候给自己送吃的。

可是尚远呢，他是以什么理由来给自己送粥？

"别了吧，我刚点了一份粥。"

"外卖的粥就别吃了吧，作为你的甲方，我有责任也有义务保障你的身体健康，毕竟你要是倒了，我们还怎么开业啊。"

"那尚大爷您认为哪儿的粥好，绿色纯天然无污染，食材都能让人精神百倍？"

"当然是我做的啊，真的。你今天就尝尝我的手艺，我保证以后你去其他地方喝粥都会觉得食之无味。"

陈艾放下手机，她真的有点慌。

今天尚远表现得很关心自己，从早上在医院，到现在要给自己送饭。这已经完全超出了甲方的义务范围。

1

🐾 等一个更好的自己，
等你~

2

3

4

5

6

7

"你这不错啊，比我想象中好多了。"尚远进门后换了拖鞋，就开始东瞧瞧西看看，四处张望。

小猫见到生人害怕地躲到床底下，尚远拿出特意准备的猫条，试图用"美食"俘获它。最终小猫不敌食物的诱惑钻了出来，趴在尚远的腿上享受"美食"。

看陈艾愣神，尚远催她："快趁热喝，你这牙疼啊只能吃流食，也吃不了别的。外卖还是少吃，一点都不健康……"

陈艾尝了一口，没想到味道真不错，她顾不上烫，吹了两口就急不可耐地往嘴里塞。

"疼疼疼！"痛感冲击下，陈艾丢下勺子，捂住肿胀的脸连连哀号。

"你这脸肿得还挺厉害的。真不要再去看看医生吗？或者可以换一家试试，上午那家可能水平确实有问题。"

"你上午不是还说那个林医生医术精湛吗，怎么改口这么快。"

"我……我又不知道那是你前男友。"尚远有些尴尬，又有些好奇，"对了，你们当初因为什么分开的啊？"

陈艾想了想说："行吧，我就跟你聊聊吧，估计聊完这粥也就回到常温了。这故事还挺长，你得做好倾听的准备了。"

"我俩是考研的时候认识的，他坐我前桌，当时我们宿舍只有我一个人考研，我还挺孤单的。考研教室暖气不好，我得了感冒，有一天感到特别冷，当时趴在桌上睡着了。等我醒来的时候，林宇嘉正好回头看着我，问我'同学你没事吧'。

"我当时特别不好意思，没跟他说什么话，但从那以后，他开始跟我搭话了，有时候是借笔，有时候是借本子，当时我就觉得这男生怎么丢三落四的，后来才知道他是在借机跟我搭讪。通过聊天，我得知他的目标院校也在B市，如果我们都能如愿考上，以后可以有个照应。

"后来天更冷了，林宇嘉每天都在我来之前就帮我打好热水放在桌上。我问他为什么给我打热水，他说顺手。

"考试的前一个月，有一天我因为一道题答不出来心情不太好，等到人都走了，还在教室待着，我没注意到他也在。待我反应过来的时候，他跟我说：'我挺喜欢你的，如果我们都考上了，就在一起好不好。'

"研三的时候，所有美好都破碎了。我记得那天他跟我说要去看现场声音会，我不感兴趣，便没跟他一起去，谁知道他在活动现场竟然认识了一个女生，据说两个人聊得很投机。

"我后来才知道，那个女生是他同系的师妹，家里开了个口腔医院，想必就是前几天我去的那个。你说他们俩真的是偶遇吗？"

□

□

□

□

□

给前任的
🌸一封信

尚远听得认真，明白了眼前这位姑娘为何总给他一种十分潇洒的感觉。一个人在失去过什么东西以后，在下一次得到之前，总归是有顾虑的。

"你说得没错，我支持你，这医生人品确实不行。"

陈艾本来已经准备好了要听这位大爷骂自己笨，连被劈腿了都后知后觉，没想到他竟然什么都没说。

"再不吃可就凉了。"尚远笑着用手指了指桌上的粥。

陈艾如梦初醒，恍惚地拿起桌上的勺子，搅动了两下发现也没热气，看来确实是快要凉了。

尚远换了个姿势，托着腮看着陈艾大口吃饭的样子，脸上不自觉地露出笑容，心里想：果然还是个小姑娘。

他怀里的小猫已经睡着，轻轻地打着呼噜，像在做一场美梦。

再见，
我的智齿

@ 挥霍：我一定不会拒接他的电话，不会在微信上和他说分手……

@ 刘大钱：我会笑着和他说再见，而不是哭得像个傻狗，还求他别走。

@ 旺旺：我还是会提出分手，那不是冲动的决定，直到现在我也觉得，当初那个选择是对的，不合适的人就应该趁早分开。

♫ # ⋮ @

扫一扫，参与讨论

好的爱情是
一起成为更好
的人

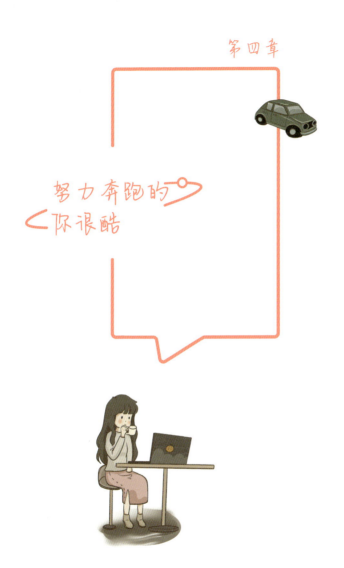

第四章

努力奔跑的
你很酷

距离陈艾把方案发给于若楠，已经过去近两周。于若楠除了回复一句"OK"以外，没再说别的，人也莫名消失了。

陈艾问同事郝雅："雅雅姐，你最近看到楠姐了吗？"

"没有啊，你不会不知道那事吧？"郝雅左右张望了下，"楠姐最近被韩总休长假了，据说要休两周。"

"被休长假是什么意思？"

"就是类似于停职啦。"

"这是为……"

郝雅做出一个息声的手势，陈艾用余光往工位旁的过道瞥了一眼，发现韩总和一个陌生男人并肩走了过来。

待二人走远后，郝雅主动凑近："看见了吗，就是那个男人，孙长洲，把楠姐给打入'冷宫'了。"

陈艾想起来了，她刚进公司就听说猎头正在挖一位大佬过来，让他跟于若楠各带一个组，说好听点是有竞争才有进步，说得不好听就是鲶鱼效应。

陈艾还在思索的时候，有人敲了敲她的桌子。来者不是别人，正是尚远。

"跟我一起去趟韩总的办公室。"

1

2

3

4

5

6

下雨天不想打伞，
我就是这么奇怪的人

7

"我介绍下，这位是国内知名……"韩忠明开口向他们二人做介绍。

"我知道，孙长洲孙总，久仰大名。"尚远伸出手去，和孙长洲握了握手。

"尚远，你把她叫来是……?"韩忠明看了眼陈艾，对这副生面孔的加入感到意外。

陈艾看着韩总尴尬地笑了笑，没说话。

"于若楠的那份方案是她写的，有些问题她最清楚。"

陈艾听到尚远这句话，有些慌了神。难道是自己的方案出了问题，从而牵连了楠姐?

"那个方案是你做的?"孙长洲似乎来了兴趣，目光转向陈艾打量起来。

"嗯，是的。那个方案是由我完成的，请问方案有什么问题吗?"

"你作为一个刚入行的应届生，恕我直言，不可能做出这么成熟的方案。"孙长洲眼睛盯着陈艾，目光中像藏着一把利刃，杀气逼人。

"但这个方案就是我做的。我电脑里留有底稿，可以证明我的话。不过，我还是有些疑惑，这个方案哪里有问题吗?"

孙长洲闻言笑了笑，看着陈艾说："方案很棒，没有任何问题。问题就在于它太棒了，和我的方案几乎一样。所以，现在，你还说这个方案是自己做的吗?"

突如其来的污蔑让陈艾有些发蒙，直到从会议室出来，也还是恍惚的，她跟在尚远身后，三拐两拐，来到了公司的休息区。

尚远环绕一圈检查，确定没人后，找了个地方坐下来。

"楠姐这次有麻烦了。我猜应该是有人和孙长洲那家伙来了个里应外合，先窃取你的方案给孙长洲，让他先你们一步提供给韩总，等到楠姐将方案再交给韩总的时候，你们就成了涉嫌抄袭的一方。"

"这也太王八蛋了吧！怎么还能干出偷方案这种下三烂的勾当！"陈艾听后，非常生气。

"你小点声，小心隔墙有耳。不过你最好不要说太多，你现在还能在公司留着，肯定是楠姐在保你。你现在最重要的就是少说话，言多必失。"

"怕什么，我又没做亏心事。不过我下班后就会关上电脑啊，况且这个方案我是在自己的笔记本上完成的，并没有用公司的电脑。就算有内鬼，总不会潜伏到我家里吧？"

"那或许问题出在楠姐这边，可能是有人去她办公室窃取的。慢慢调查吧，这也不是着急就能解决的事情。"

"是狐狸早晚会露出尾巴，我就不相信黑的能变成白的！"

"喂，你还有什么事要忙吗？你要是没事的话我就带你去楠姐家，有事的话就算了，你忙你的，我自己开车过去。"

"我去，我去！"

绿茶？红茶？管你什么茶，
对我来说都是喝的！🦋

"你们来得可真是巧，我刚做好一个菜。"楠姐热情地招呼他们进来坐。

路上陈艾还有所担心，经历这种事情，楠姐会不会受到打击一蹶不振。

今天见面，陈艾发现楠姐还是那个楠姐，并未受一点儿影响，心中很是欣喜。

"楠姐刚做的什么菜，是不是番茄牛腩？"尚远不知从哪儿抓了把瓜子，边走向厨房边嗑着。

"是啊，你虽然没点菜，但我心里还是清楚的。"

尚远听了"嘿嘿"地傻笑，这副傻样外加上嗑瓜子的动作，给人感觉就很像县城街斗上整天瞎溜达的无业青年。

"还有两个菜，你们坐着等一下，很快就好。"

"楠姐我来帮你。"陈艾一个箭步冲了过去。

"哟，你还会做饭。"尚远嗑着瓜子走到陈艾身边。

"你！"陈艾气得抬起手，佯装要打他，被尚远一弯腰给躲开了。

"楠姐，到底是怎么回事啊？"吃饭时陈艾把埋在心中的问题说了出来。

　　"陈艾，这件事其实很简单，不过是内部竞争，你初入职场第一次遇到，以后就会明白了。"于若楠的语气并没有什么变化，还是像平时一样，就好像事情和她没关系一样。

　　"那我……为什么没事？"

　　"是我跟韩总担保的，接下来你继续跟进这个项目。"

　　"那目前除了等以外，没有别的解决办法了吗？"

　　"就是等。其实不必担心啦，我真的没事的。在云象待了这么久，我也想去做些自己喜欢的事情。塞翁失马焉知非福，兴许这还是一件好事呢！"于若楠笑着说。对她来说，心理抗压能力早已练成顶级，再大的事压下来，她也能坦然面对。

　　在这一点上，陈艾尤为敬佩。

/年 /月 /日　　　星期　一　二　三　四　五　六　日　　□ ☺ □ ☹ □ 🌂

清风徐来，
花自盛开

从于若楠家告别出来，陈艾一直在想一个问题，难道这就是职场？白天跟你一起嬉笑打闹吐槽老板的人，难道背地里会憋足了劲儿跑到老板那告你的状吗？

　　"喂，你这个智齿还是尽快给拔了吧，留着也是后患无穷。"尚远坐下后系好安全带，突然提起了另一个话题。

　　"拔，当然要拔。"

　　"还去那一家吗？找那位德艺双馨的林医生？"

　　"对，就去他那儿，我想让他亲手拔掉他栽种在我这儿的恶果，也算和过去彻底做个了结。"

　　"呵，恐怕你就是想见他。"尚远用力踩了脚油门，汽车"嗖"的一声弹射出去。

　　"开慢点啊！不要命啦！"

　　"让你体验下速度与激情。"尚远哈哈大笑。

　　"我可不要，到时真出了什么事，别人再以为我们是殉情，那就太可怕了。"

　　"你想得倒挺美。"

　　陈艾看着车窗外飞驰而过的街景，心中有些恍惚，她怎么好像跟尚远，更加亲近了？

□ 😊 □ 😠 □ 🎆

我的言外之意，我的弦外之音，
你能懂吗？　🎆

在消失了一周的牙疼又重出江湖后，陈艾决定彻底和智齿做个了断，斩立决。

"我明天请假去拔牙。"陈艾给尚远发了条微信。

尚远回复道："我明天陪你去。"

到了医院，陈艾先做了例行检查。因为没有提前预约，所以还要排队等一会儿才行。

"啧啧，既然特想让你前任来开刀，你还不提前挂个号？"尚远站在一旁，双手环绕在胸前，说话阴阳怪气的。

"喂，是不是没让你来操刀，没给你报私仇的机会，你就急得牙痒痒？"

"等你出来我一定要采访采访你，被前男友拔掉身体的一部分是什么感受。"

"我怎么觉得您就是不停地想找事呢，大爷。感觉应该拔牙的不是我，而是您，这样就能把你的嘴堵住了。"

尚远朝着陈艾做了个鬼脸，他其实就是酸。自从知道林宇嘉是她前男友以后，他就老忍不住拿自己跟他比。他无从忍受，总想着找个什么方式来发泄下，寻来寻去，似乎也只有阴阳怪气最为合适。

这世界，
有人在笨拙地隐匿

麻药开始慢慢起效，林宇嘉先轻敲了几下牙齿，问陈艾疼不疼。在看到陈艾摆手的动作后，林宇嘉熟练地左敲右敲，动作非常小心。

陈艾躺在椅子上，看着林宇嘉这副温柔的样子，突然想起之前有一次自己发高烧，校医务室的医生建议她去医院，但那天是暴雨天气，陈艾本想吃点药撑一晚，第二天再去看病。但林宇嘉听说后，急忙从他学校赶来，身上都湿透了。

陈艾记得自己被抱上了车，躺在后排座椅上。微弱的视线里，一张认真温柔的面孔，从未消失过。

嗯，就像现在这样。

陈艾深呼了口气，她觉得自己应该停止这种危险的回忆。

有些爱或许曾经很炽烈，很甜蜜，但终究是过去发生的事情。怎么能奢求一段变了质的情感，再回复到新鲜如初呢？

给莫名不开心的
自己的一封信

哪一瞬间，你对失恋感到释怀？

@ 清欢：就是分开之后偶有遇见，却发现还是想拥抱他却没有理由。

@ 热心市民刘女士：突然觉得我曾经视若珍宝的那些和他有关的一切也不过如此。

@ 楚倩：去超市买薯片，再也不会选择他喜欢的味道了。

扫一扫，参与讨论

我爱你不后悔，
也尊重故事结尾

第五章

暧昧让人
爱尽委屈

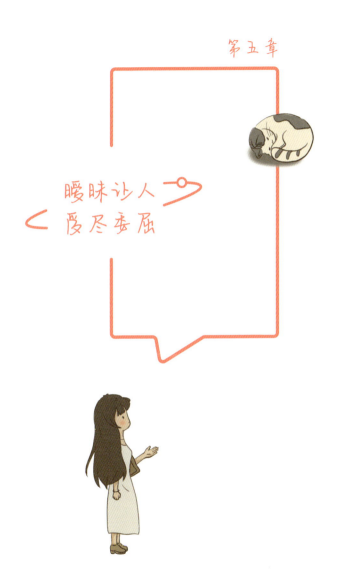

"晚上一起吃饭吧，我正好在你们公司开会。"

看着尚远的微信，陈艾忽然觉得有些奇怪，自己与尚远之间似乎没有那么明确的甲乙方关系，更像无话不谈的挚友。

就在陈艾思索这段略显奇妙的关系时，尚远从不远处的过道拐角处走了出来。跟在尚远身后的，还有孙长洲和韩忠明。

"陈艾，一起吃饭吧！"

陈艾像挤牙膏一样一点点挤出笑容："谢谢，不过你们先吃吧，我还有点事要忙。"

"工作再重要也不如身体重要，对吧，韩总。"尚远说完，用手轻碰了下站在身边的韩忠明。

"哈哈，就是，陈艾啊，先别忙了，一起吃点。"韩忠明哈哈笑着。

孙长洲也不是傻子，接上话茬："陈艾一起吧，反正也是吃个便饭。"

倘若三个领导轮番邀请你，你再摇头拒绝，那可就是真不给面子了，纯粹是想让对方下不来台。

陈艾心中暗骂了一顿尚远后，一脸微笑地走向他们。

长大就是要学会
对着讨厌的人微笑

四人进店就座，陈艾坐在尚远的左边，对面韩忠明和孙长洲挨在一起。

尚远开口说："我其实特别佩服韩总，真的，领导有方。"

孙长洲抢道："尚总说得是，我虽然刚来公司不久，但也被韩总的深谋远略所折服，一家公司的上限在哪儿，要看老总的决策水平在哪儿。以韩总的能力，云象目前的上限还高不可见啊！"

陈艾算是明白了什么是真正的"舔狗"，她竭力克制自己想笑的冲动。

韩忠明尴尬地笑了笑："没有没有，自从孙总来了后，公司运转进入了新的轨道，期待可以看到更为出色的成果。"

"是吧，我也觉得孙总很厉害，名不虚传。"尚远正说着，服务员推车把一盘盘肉端放到桌上。

陈艾闷头一个口一个口地喝水。

看样子，尚远今天晚上这场安排的是鸿门宴啊，怪不得极力喊自己过来，原来是给自己安排了个雅座看好戏。

1

2

3

4

5

6

吐槽一下，讨厌的人，
讨厌的事　❀

7

"尚总，我想弘祥广场项目的合作会是我们一个崭新的开始，后续的合作是否也要提上日程？"孙长洲咽下嘴里的肉，眯成线的双眼隐约间带着精明。

"以后叫我小尚就行，我哪是什么总啊。项目方面，您也知道，不是我一个人就能做主的事情。不过我相信，只要弘祥广场的项目进展顺利，董事会那边也肯定愿意继续将其他项目交付到贵司手上。尤其有孙总这样的优秀人才在，还有什么不让人放心的道理呢？"

"久闻尚总盛名，果然不同凡响。"孙长洲哈哈大笑，韩忠明也是一脸乐呵。

陈艾暗暗观察着当前的局面，她终于感受到了这种饭局的乐趣，彼此间看似相互吹捧，实则在互相捅刀。

饭局进行到一半，尚远见陈艾拘束，不怎么吃，便开始给她夹肉。陈艾面对荤腥泌泌的羊肉，感觉胃里直犯恶心。

她用手轻捣了下尚远，低声说："别再给我夹了，我撑得快吐了。"

孙长洲从一开始就盯着尚远和陈艾的一举一动，看到两人亲昵的交谈后，他嘴角浮现出一丝莫名的笑容。

尚远喝了酒，陈艾只好送他回去。

陈艾叫了辆车，尚远坐上车后就一歪头睡了过去。

直到车到达目的地，尚远依旧没有醒。陈艾轻拍了他一下，刚醒过来的尚远步点没踩稳，一个踉跄差点摔倒。

陈艾见状赶忙过去扶了一把，没忍住笑出了声。

"你笑什么！不许笑！"

"啧啧，一身酒气，不能喝就不要喝嘛，非要逞能，倒了吧。"

"我……我没醉！我现在很清醒，真的。你知道我为什么知道自己清醒吗？"

"我不知道啊，是为什么？"

"因为我不像你头脑空空，我有脑子。"

"喂，你才是没脑子好嘛！自己能喝多少酒都不清楚，傻乎乎地喝这么多。"

陈艾转过头来看着身边的尚远，谁知道他竟然一直盯着自己看。

醉意朦胧，也让人心意朦胧。

立秋后的夜晚，风中已经带有一丝的凉意，陈艾坐在回家的出租车上，看着窗外飞驰而过的街道，被月光点亮的路灯，投射出的暖光照射在地上却没有衍生出一丝暖意。

这一夜，晚风吹过，有人动了心，有人动了情。

"艾艾，今天就是七夕了，有没有心仪的男孩子约你出去？"郝雅坐在工位上补妆。

"没有啊，晚上不是有弘祥广场的七夕活动嘛，我要去现场看一下。"

"雅雅姐，你是要出去吗？"

"不是啦。"郝雅害羞地笑笑，"嘿嘿，待会儿要开一个会，和摄影部一起开。艾艾你应该不知道，摄影部前几天新来了一个大帅哥，无敌帅……"

"陈艾，前台有束你的花！"一个同事从陈艾的工位旁路过，一脸坏笑地说。

"我？有束花？"

"呀！还骗我说晚上没约会，这花就已经先找上门了，可以啊艾艾，地下恋情搞得不错，消息密不透风。"郝雅一脸八卦。

陈艾觉得有点不对劲儿，会是谁给自己送花呢？尚远？不可能，送花圈会联想到他。难道是……

看到熟悉的鲜花品类搭配，陈艾一下子就猜到是林宇嘉送的。

迟来的爱
比苍蝇还招人烦

就在陈艾不知道怎么处理这束花的时候，尚远正好过来找陈艾一起去活动现场。

"哟，这是在哪个垃圾桶捡来的花啊？"

"喂，你会不会说话。什么叫从垃圾桶里捡的，这是别人送我的好嘛！"

"我确实说错了，这花的搭配品味也不像店里卖的，你要是想当个摆件，就搞个上点档次，精致一些的嘛。你瞧瞧这个，蔫了吧唧的，毫无生气。"

陈艾气得拳头硬起来，好想抡圆了胳膊，一拳把他给锤出银河系。

"你自己去吧，我等下打车去现场。"

"喂，我就是开个玩笑嘛，你看你还生气了。"

尚远突然看到花束里夹着一张粉红色的卡片，心里怪怪的，一个箭步蹿到陈艾的桌边，拿出那张卡片看了眼，上面写着肉麻的情话。

"字写得真丑。"尚远把卡片重新塞回到花束里，闷不作声地走了。

就喜欢你吃醋
还嘴硬的样子

"有人在给你打电话。"尚远轻撞了下陈艾。

陈艾低头一看，是一串陌生的号码。

"怎么，不敢接？要是不方便的话我离你远一点，别耽误你们谈情说爱。"

"你这人还真是没完了，哪来的谈情说爱，你就站这儿别动，来一起听。我非要证明自己的清白。"

陈艾接通电话，并开了免提。

"喂，陈艾，我送你的花收到了吗？"

陈艾石化住了，这个熟悉的声音，分明就是林宇嘉。

"你……我……不是，你打电话来干吗？"陈艾有些语无伦次。

"想问问你晚上有没有时间，我知道附近有家西餐厅特别好，他们家用的牛排都是上好的和牛。"

"不去不去，晚上有工作。你别再给我打电话了，我真的很忙。"陈艾说完就把电话给挂了。

"你看我说什么来着，晚上有约会就先去忙，这边我来盯着就行。"

陈艾明显感觉，尚远自从看到那束花后，嘴里就像含着瓶老陈醋，每说一句话，听起来都酸得不行。

"哦，你说真的？我去约会，你在这盯着？"陈艾决定将计就计，顺着尚远的意思往下说，看他怎么办。

"对啊，有我在这盯着就行。"

"那行，有甲方大哥了，我晚上也不会待太久，吃个饭就回来。西餐我感觉一般般，兴趣不是很大，主要是冲人去的你知道吧？"

"那我祝你约会愉快！"

/年 /月 /日　　　星期　一　二　三　四　五　六　日　　□ ☺ □ ☹ □ 😠

□

□

□

□

□

每个大人，🌸
都是过期的小朋友

陈艾看着尚远那张别人欠了他八百万的脸，叹了口气说："我说尚大哥，咱就别板着个脸了，我一心向工作，没心思搞什么儿女情长。而且就算搞，也肯定轮不到那个王八蛋。要不我给他打电话证明一下。"

电话才被接听，就传来急促的声音："陈艾，我就知道你会打过来，晚上一起吃个饭吧，我有好多话想对你说。"

"林宇嘉，我希望你能牢记一件事情，我们早就分手了，而且分手的原因你也很清楚，你不要逼我把话说得太难听。我们之间不会再有任何关系！"

"你是不是有喜欢的人了？"

"我有啊。"

时间似乎在这一刻变得静止，尚远感到自己急促的呼吸都没有了声音，所有的注意力都放在陈艾身上。

"我喜欢我自己，我就是个不折不扣的自恋狂！"陈艾说完，冲尚远露出自信洒脱的微笑。

如何爱自己，是一门需要学
习一生的学问❤

尚远和陈艾站在舞台后侧，看工作人员做最后的准备。

即将登台表演的是一对情侣，男的弹吉他，女的唱歌，所唱的曲目陈艾特别特别熟悉，因为在大学的时候，她表演节目，和林宇嘉也一起唱过。

"你眷恋的，都已离去，也问过自己无数次，想放弃的，眼前全在这里……"

那时，林宇嘉一有空就到她学校，和她排练节目。上台前，陈艾紧张得手心冒汗，林宇嘉给她加油打气，第一次亲了她……

突然，尚远开口问道："你是不是，还放不下他？"

陈艾叹口气："我有时的确会想，是不是当初我真的错了。如果那时我能懂得为他着想一些，会不会就是另一种结局。"

尚远听后没有再说话，两个人很快投入工作中。

等一切妥当，尚远却不见了踪影。

"我有点事先走了，辛苦你在现场盯着，如果结束太晚，可以叫你前男友来接你，打车不太安全。"

陈艾看着尚远刚发来的消息愣了神，一时间搞不清楚状况。这个家伙又怎么回事？怎么动不动就生闷气！

1

2

3

4

5

6

我会记住你，
然后去愛别人

7

"艾姐，原来是你，快进来。"吴琼住在陈艾隔壁，她打开门看见是陈艾后赶忙请她进来。

两个都是在外打拼的年轻女孩，平日里互相照顾，一来二去便成了无话不说的朋友。

坐下后，陈艾倾诉道："吴琼，如果有这么一个男生，明明能感觉到他对你有好感，但他就是不表达出来。而且他还特别在意你和前任之间的关系，说话阴阳怪气，还耍小脾气，你说这样的狗男人是不是特别烦。"

"艾姐，你说得对。一个大老爷们扭捏什么，喜欢就说嘛！我艾姐这么漂亮的仙女，他不赶紧表白，咱就不要他了，真是！"

"吴琼，你说我还要不要找他？"

"不，你千万不要找他，只要他不回应你，你就永远不要找他！"

"好，我记住了。

今天，陈艾负责的第一个项目圆满结束，原本应该值得庆祝，但是，天空中并没有出现绚烂的烟花，相反，似乎留下了一行飞机驶离的轨迹。

而没有人知道这架飞机，为何会突然驶离。

我只是想起你了，
不是想你了

#过往的感情经历让你学会了什么？#

@ 百事芬达：不要爱得太满，多了会溢出来，如果你喜欢一匹马，不要去追它，你肯定会追不上的，你应该种草种花，等到草长莺飞，马儿自然会回来找你的。

@ 社会主义接班人：一个人用力的爱情不是爱情。

@ 离述：不要隔着屏幕爱上一个人。

扫一扫，参与讨论

好多人努力的
终点，就是
平凡的起点

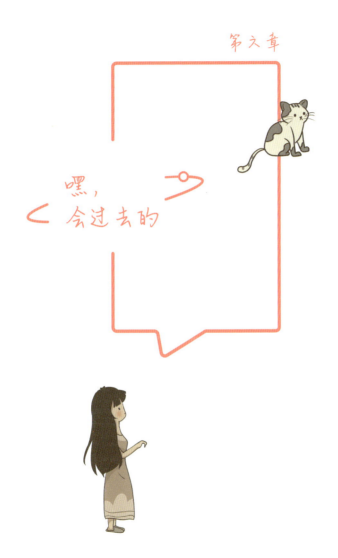

孙长洲端起桌上的茶杯，吹了口茶叶，轻抿了一口，说："弘祥广场的预热很成功，我和韩总都看在眼里，也都认可你的工作能力。但碍于于若楠还在接受调查，事情没出来结果之前，确实不太好接受你的转正申请。"

　　陈艾看着孙长洲怡然自得的样子，心中的怒火早已烧到了太平洋。

　　"我不明白，为什么你一个靠抄袭篡位的人能在这安稳坐着，而楠姐却要停职回家等待调查，这样子公平吗？"陈艾实在是忍无可忍，既然好言好语说不通，那就不如撕破脸。

　　孙长洲瞬间脸色大变："陈艾，我奉劝你一句，别以为和尚远熟就可以肆意妄为，云象传媒姓韩，可不姓尚！"

　　陈艾抓起桌上的申请表转身离开，向前走了几步，又回过头来看向孙长洲，恶狠狠地说："那我也希望你能明白，你是孙子的孙，不是孙悟空的孙，别以为自己真无法无天了！"

□

□

□

□

□

你要知道，❀
这个世界就是不公平的

晚上陈艾躺在床上翻来覆去，她想给尚远打电话讲下今天发生的事情，但想想还是算了。

陈艾也不想去找吴琼，她思前想后，也挑不出合适人选，只得抱着小猫躺在床上望着天花板叹气。

一个人漂泊在外就是这样，每天围绕着工作度日。但好在她还有猫咪，一猫一人相互陪伴，至少没那么孤单。

有时候陈艾想，倘若自己突然有天在睡梦中死掉了，不知道要过多久才会有人发现，想想都觉得是一件极其凄惨的事情。

这种负面情绪的堆积，给陈艾的心态造成了很大的影响，她开始怀疑自己的努力是否有价值，怀疑这份工作是否真是自己想要的，怀疑真诚是否真的永远只能成为虚伪的俘虏。

这种质疑一旦产生，就很难消退。陈艾觉得，自己是不是需要重新对自己的职业进行规划，也许一开始就是错的。

似乎是感应到陈艾低落的情绪，小猫懂事地趴在她怀里，伸出爪子轻轻地碰碰她的下巴。

陈艾揉揉小猫毛茸茸的脑袋，心里涌出了一股热流。

你那么孤独，
却说一个人真好

这一天，陈艾来公司上班，刚坐下，郝雅便凑过来低声说："艾艾，你知不知道，上次方案抄袭的事情，好像上面已经查清了，这两天就要公布处理结果。"

　　陈艾一愣："啊？查到什么了？"

　　"具体我也不清楚，但我听说高层要发生大动荡。"

　　陈艾听完心中难以平静，没多久，就被韩总叫到了办公室。

　　"陈艾，坐。有件事我想和你确认一下。"韩忠明脸上没有情绪，完全让人猜不出他的想法。

　　"韩总您请说。"

　　"是这样的，上次方案抄袭的事情已经有了结果。经过调查，此次抄袭方案的人是孙长洲。但是于若楠因为管理有漏洞，和这事也脱不了干系，所以做降职处理。至于你转正的事情，人事跟我说了，从明天开始你就转为正式员工。"

陈艾迷迷糊糊地回到工位，郝雅悄悄地靠过来："我有个消息，你听了可能会觉得心里不舒服。"

"什么事？"

"我听在嘉禧的朋友说，你那个甲方大爷尚远有麻烦了。集团里有人举报他，呃，举报他和你有不正当关系，所以你作为一个职场新人，才能进弘祥广场的项目组。"郝雅说得小心翼翼，时刻观察陈艾的面色。

陈艾大惊失色："消息可靠吗？知不知道是谁举报的？"

"我不知道啊，尚远现在在接受董事会的调查。"

其实，🐾
你比自己想象中更坚强

"我听说因为我的事情，你被人举报了，现在怎么样了啊？"陈艾犹豫了下，还是给尚远发了条微信。

　　"没想到你这种擅长玩弄感情的人，还玩起情报来了。我没事，举报我的都得搬石头砸自己的脚。"尚远回复道。

　　"我玩弄谁的感情了！天天就知道污蔑人，说，你消失这些天都躲去哪个女人家里了。"

　　"去我梦中情人王祖贤家了。"

　　陈艾"扑哧"一声笑出来，亏他想得出，真是不害臊。不过，看他说话还这么嬉皮笑脸的，应该事情已经解决了。

　　"晚上要不一起吃个饭？"

　　"行啊，铜锅涮肉我请客，你下班我去接你，我先去忙了。"

"艾艾，于总找你。"同事来叫陈艾。

有多久没有见到楠姐，陈艾也记不清了。

"楠姐，你什么时候来的？"陈艾推开会议室门，看到坐在桌边的于若楠，眼泪都要出来了。

"我刚来没多久，快坐下。"

"楠姐，我听韩总说了，他们竟然要降你的职。"陈艾越说越委屈，泪水在眼眶里打转。

"我都没哭，你哭什么。"于若楠轻抚了下陈艾的头。

"明明是孙长洲那个王八蛋搞的鬼，凭什么让你来跟着背黑锅！"

"没事啦，其实我原本就有辞职的念头，确实太累了，需要操心的地方太多。但是呢，云象毕竟是我梦开始的地方，这么多年感情还是在的。"于若楠说罢朝着陈艾莞尔一笑，"这次我没有离职也是有原因的。我打算再带你一段时间，等你能独当一面了，我就能放心地从云象走了。"

陈艾从会议室里出来，先前心中的阴霾已经一扫而散。她不再怀疑自己，她坚信，自己走的每一步都是正确的。哪怕她生来注定是宇宙中一粒不起眼的尘埃，也要逆于而上，化身为银河中一颗最闪耀的星。

淋雨的
小孩更要微笑

"我先认个错，今晚得'鸽'了……有外地领导来，我必须作陪。改天，地点你随便挑。"

陈艾看着尚远发来的微信，沉默了。其实在哪吃、吃什么，她根本就不在乎，哪怕是去公司楼下吃一碗牛肉面，她也觉得开心。想见面是结果，吃什么，不过是一种形式。

"没事，可以理解。您毕竟是要喂我们吃饭的甲方，当然得把领导们给陪好了，要不怎么给我这个乙方发钱买包啊。"

陈艾回复完，心想：尚远那个王八蛋，也没比林宇嘉好多少。

这时，她收到一条消息："陈艾，我最近发现一家特别好吃的港式餐厅，记得你最爱吃叉烧，今晚有空吗？我想带你去尝尝。"

真是怕什么来什么。不过，林宇嘉这王八蛋到底有几个手机号？怎么拉黑一个又冒出一个新的，简直是野火烧不尽，春风吹又生。

陈艾叹了口气，她觉得或许什么都是假的，只有好好赚钱才是真的。

1

2

3

4

5

6

和你一起吃的 ❀
楼下的小面很好吃

7

于若楠跟着陈艾来到餐厅，说："陈艾你可真会挑地方，我想这口真的好久了。"

"哈哈，因为我也想吃啊！听说他们家意面和比萨是一绝，我就定了这一家。"陈艾其实心里是有些紧张的，因为她不知道楠姐邀请自己共进晚餐的目的。

"陈艾，我决定了，从下周开始办离职手续。"

"啊，楠姐你下周就要走？"

"所以接下来的一个月你要做好准备，以后你就要自己挑大梁了。最近呢，就把约会的事情先放一放。"

"啊，约什么会，楠姐，没有的事！"

"我本来还想喊着尚远那家伙一起，但给他发了消息没回。你们最近有联系吗，他过得怎么样？"

"我也好长时间没见到他了，发消息也不回，不知道他在忙什么。"

"好吧，不说他了。韩总还是很看重你的，所以一定要好好干。"

衡量一个人是否成熟的标准，就要看他是否习惯了告别。

陈艾看着于若楠离开公司的背影，觉得自己心态已经趋于平和，虽然告别这件事本就是痛苦的，但人的成长本身就是一个不断消化痛苦的过程，要学会对痛苦释怀，收拾行囊继续向前。

在这个流行离开的世界，
我们都要学会告别 🍂

你在生活中遇到过哪些不公平的事情？

@ 尘埃落定：升职加薪的不是我，而是一个没来多久的老板的亲戚，这算吧。

@ 鲸鱼：从小到大，家里人对我弟明显比对我好……其实小时候感受不明显，直到现在我工作好多年，已经独立，知道这大概是叫原生家庭的影响，才发现我的性格思想在潜移默化中受到了很大的影响。

@ 仙桃：为什么我喝水都胖，这不公平哈哈。

扫一扫，参与讨论

见过这世上很多风景，还是最喜欢你

第七章

突然
想起你

进入初冬后，天气渐渐变得干冷。连续熬了好几夜加班的陈艾终于败下阵来。

陈艾连着打了三个喷嚏，突如其来的声响把周边同事们吓得够呛。

"艾艾，我怎么觉得你好像感冒了，要不去医院看看吧？"郝雅探出一只手来放在陈艾的额头上。

"呀！你发烧了！"

"雅雅姐，我没什么事，趴着休息一会儿就行。"

陈艾趴在桌子上发了个朋友圈，朋友们纷纷发评论表示关心，然而，她却一直没有看到尚远的消息，看来是连"点赞之交"都不愿意做了。陈艾叹了口气，熄灭手机屏幕，打算闭眼歇一会儿。

这些话，🌸
写给时而脆弱的自己

"喂，陈艾，陈艾，你没事吧，醒醒。"

陈艾迷糊中感觉到有人推自己，她睁开眼，头痛欲裂。

"你的外卖到了，先放你桌上了。"

"外卖？我没点外卖啊。"陈艾有些疑惑。

"不是吃的，好像是一些药。"

"药？"

"小鬼，哥给你买的感冒药是不是到了，里面有医嘱，你就按照上面写的按时吃就行。这么大人了还不会照顾自己，真是不省心。"

陈艾看着尚远发来的消息，想要回信息，但手刚碰到键盘就又收了回来。

已经好久没见了，细细算来竟有一个多月的时间。陈艾觉得有些可怕，她没想过分别的时间竟已有这么久。

突然，陈艾想起什么，她拉开柜子的一个小抽屉，从里面拿出一个礼盒。

记录一下：那些
温暖自己的小事

几天前。

"海洋味道的扩香器，好神奇啊！"陈艾拿起货架上的蓝色车载扩香器，放在鼻间闻了闻，透过层层包装流露出的味道非常淡，但细细品来的确很好闻。

"艾姐，你买这个送他吗？"吴琼好奇地探过脑袋来打量着，觉得这是一个稀罕玩意。

"我觉得这个挺好的，尚远以前跟我说过他特别喜欢听下雨的声音，尤其喜欢下雨时的大海。"

"你为什么会这么确信他一定会喜欢你送的礼物呢？"

"等哪天你也要给一个人买礼物的时候，你自然就明白啦。"

陈艾叫了一个外卖跑腿小哥来取货，她不清楚还有多久两个人才会再见面，索性就向尚远同志学习，把最想给对方送去的东西，交给第三方来转达。

"喂，我也给你送了一个东西。"

"送的什么好东西？神神秘秘的。"

"我就不告诉你。"

晓看天色暮看云，
行也思君，坐也思君

很快，春节将近。

这天，郝雅和陈艾在交流假期安排。

"艾艾，你放假回家吗？"

"回啊，怎么啦？雅雅姐，看你好像有什么心事啊。"

"唉，我也要回家，不过是被迫的。我爸非要给我介绍男朋友，安排了一个相亲局，我的天啊，杀了我吧。"

"那你不要去就好了啊。"

"哪有这么简单，唉，但凡帅一点我就去了，可是……算了。艾艾，你这次回家也自求多福，搞不好也会给你整上一个爱情的安排。"

"不会啦，我爸妈不会稀里糊涂就安排这一出。"

出乎陈艾的意料，刚到家第二天，母亲就安排她去相亲。

"陈艾，你几号的机票回去？你王姨家的孩子也回来了，你们年轻人要不要见见？"

"什么？妈，你别逗我了，这玩笑一点都不好笑。"

"谁逗你了。我和你爸都觉得那小伙子不错，个头高，阳光帅气，真的，不骗你，而且他也在B市上班，你俩要是成了，以后在那边互相有个照应。"

陈艾看着眼前一脸慈祥的母亲，想到昨天自己还摆着架子跟郝雅叫嚣，自己父母绝对不可能安排相亲。

"他再帅再高大那也是他的事，我真的不感兴趣。"

"就当交个朋友嘛。"

"妈妈，我有喜欢的人了，您就放一百个心吧。"陈艾说完就把卧室门关上，长舒了一口气。

"真的？！那男孩哪儿人啊？长什么样，多高啊，是独生子女吗，家庭条件你有没有了解过？"

"妈！"陈艾忍不住大喊了一声，门外才消停了。

吐槽一下：父母🍂
那些没完没了的唠叨

陈艾趴在床上翻看着手机，发现尚远又给自己的朋友圈点赞了。好家伙，这是彻底打算把双方关系化为网上冲浪的水友了。

　　陈艾气鼓鼓地想：你就是再点一万条，我也不会主动找你。

　　假期很快结束了，坐上返程的飞机，想起父母依依不舍的唠叨，以及无奈挥手再见的场面，陈艾鼻尖发酸。有时候，陈艾觉得或许少回家一次就能少告别一次，但不回家，好像心里的牵挂更是无从放下。

刚上班，陈艾就迫不及待地打听郝雅的相亲经过。

看到郝雅一副兴高采烈的样子，陈艾顿感疑惑："雅雅姐，你之前不是还嫌弃人家长得丑吗？"

郝雅笑着摆了摆手，说："那是第一个，我没去见。但第二个是真不错，挺合眼缘的。"

陈艾连呼没想到，原来还有第二个，是自己格局小了。

"那摄影部的那位……"陈艾试探性地问了一句。

"那个啊，算了，反正一直是我单相思，也不会有结果。追人家的小姑娘那么多，我根本没机会。所以还是务实一点，眼下这个就挺好的，而且那个男孩子正好工作调动，下个月就来B市了。"

"可以啊雅雅姐！我觉得幸福就要来到你身旁了呢！"

□

□

□

□

□

岁月有的是时间 🐾
让你遇见更好的人

下午，韩忠明让陈艾去趟办公室，交给她一项工作。

"陈艾，有个设计师品牌 Sense 想和我们合作，目前一切都已对接完毕，就差签署最终的合同了，接下来你来跟进。至于你现在手上的项目，下午会有人跟你进行交接。"

陈艾不敢相信自己的耳朵，新的项目，韩忠明负责带队，她来执行，她没理解错的话，韩忠明这是要亲自带她了？

"于若楠经常跟我提起你，说你特别像她年轻的时候。我相信她的眼光。"

"感谢韩总的信任，我一定全力以赴，不会让您，让公司失望的！"

Sense 的负责人叫邱野，是个想法天马行空的人，经常今天说好的事情，隔天又说算了，光是新品发布会的方案就改了不知道多少版，把陈艾折腾得够呛。每当这时，陈艾就想起尚远的好来。

不过一周的时间，陈艾就跟邱野他们开了十次会，可谓身心俱疲。好不容易等到周五，她迫切需要放松放松，在 SPA 和吃饭之间选择了后者。

她给吴琼发微信："琼琼啊，晚上我们一起去吃涮肉吧，我请客，带你去吃特别好吃的老铜锅涮肉。"

1

2

3

4

5

6

送你一朵小红花，开在那牛
羊遍野的天涯 ✿

7

为了感谢春节期间呈琼帮忙照看小猫，陈艾请她去吃铜锅涮肉。

"艾姐，这羊肉也太嫩了吧！真是个神仙馆子，你是怎么发现的？"呈琼直呼好吃。

陈艾笑道："也算歪打正着，之前我来附近买电动车的时候，遇到一个朋友，他带我来吃的。"

"陈艾，我就看着像你，你说怎么这么巧，又给碰上了！"

说曹操曹操到，陈艾话音刚落，就听见胖哥的声音。

"胖哥！刚还跟朋友说你呢！快坐快坐，感觉都好久没见了。琼琼，这位就是我刚跟你说的那个朋友，人特别好。"

"说起来我们好像好久没见了，自从尚远出差后，你也跟着消失了似的。"小胖边吃边说。

陈艾一愣："出差？他去哪了？"

"你不知道？弘祥不是要开分店嘛，他被紧急调过去支援了，估摸着下个月就回来了。那啥，你别气啊，我估摸着他不告诉你是因为前段时间有人举报你跟他的关系，他也不敢跟你多联系，怕被人抓了什么话柄。"

"可是他可以告诉我的，我从来都不需要他为我做什么，或许我也可以保护他呢。"

陈艾也不知道自己为啥会说出这样的话，等反应过来时，心里顿时不好意思起来。

别问爱不爱你，

日久见人心

几个月后，陈艾顺利完成了 Sense 的新品发布会，邱野决定要把下季度的新品推广签给云象。

于若楠得知这个消息后，给陈艾发了消息，邀她晚上一起吃个饭，为她庆功。

到了饭店，陈艾发现尚远竟然也在。

上一次见他的时候 B 市还没那么冷，印象里他总是爱穿浅蓝色的衬衫，像天空，也像大海。

如今许久没见，他一身烟灰色的西装，让陈艾感觉到两个人之间的距离变远了。

"还生着气呢？"尚远看到她，笑着问。

陈艾没搭理他，转头去和于若楠聊工作上的事情。

尚远吃了瘪，也没生气，毕竟这在意料之中，要是陈艾不生气，那就不是她了。

趁陈艾去洗手间，尚远凑到于若楠身边，讨好似地说："楠姐，我喝酒了，一会儿没法开车了。"

"需要我帮你喊代驾吗？"于若楠故作听不懂的样子。

要试探多少次，
才能确定你爱我

- **@MISS.J：**
  暧昧最动人，但如果最后没有在一起就心酸了。

  @ 小志：
  他有自己的事情要忙，而你要忙的事却只有他。

- **@ 是心动呀：**
  难过的是明明就在身边，你依然能感觉到你们之间很远。

♫ ＃ ⋮ @

扫一扫，参与讨论

今晚记得和月亮
说晚安

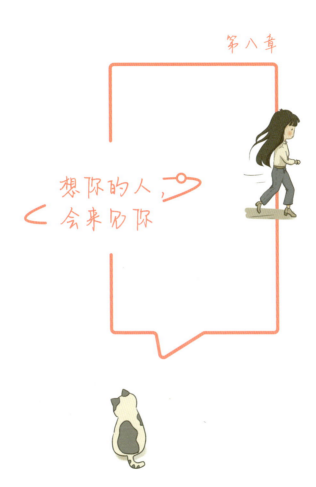

第八章

想你的人，
会来见你

吃完饭，三人从餐厅走出。

在尚远的再三暗示下，于若楠招呼陈艾过来。

"陈艾，我记得你是有驾照的吧。尚远喝酒了，要不你把他送回去吧。"

看在于若楠的面子上，陈艾只好应了下来。

一上车，陈艾便看到尚远挂在车上的扩香器，淡淡的海盐的清香，好像海洋的味道，看来尚远挺喜欢这个礼物。陈艾有些开心。

一路上无言，直到陈艾的手机来电打破了两人之间的安静。

陈艾看了一眼号码，然后条件反射般地看了一眼尚远。

恰好红灯，陈艾拿起手机准备把林宇嘉狠狠骂一顿，但是想到尚远在，还是算了，直接把号码拖进了黑名单。

陈艾再次看了一眼副驾上的尚远，把空调温度往上多调了两度，说出了今晚两人之间的第一句话："你冷不冷？"

尚远怎么会冷，甚至还有些热，他把领带往下拉了拉，摇了摇头后便不再看陈艾，弄得陈艾有些莫名其妙。

爱不爱
都在细节里

车已经开到了尚远家楼下，陈艾正犹豫着要不要自己主动点把他送上去，就听见尚远轻笑着说："陈艾，我挺喜欢你的，要不咱俩处处？"

说完这句话尚远就后悔了，他知道女生都是需要仪式感的。没有鲜花，没有浪漫的气氛，有的只是自己满身的酒气和车载香氛散发出来的淡淡的海盐味道。

一时间，空气仿佛都凝结住了，直到陈艾的手机再次发出震动声。

看着陈艾手忙脚乱地按掉电话，尚远猜到了电话那头是谁。

林宇嘉，怎么又是这个人。

陈艾心中波澜起伏，忙说："尚远，我就当今天是你喝多了，不跟你计较，再有下次，我……我回去了，你自个儿回家冲点蜂蜜水喝吧。"

逃，逃得再快点。这是此刻陈艾心中唯一的想法。

想起尚远的表白，陈艾其实是有点生气的。陈艾自认不是一个喜欢作的女生，但是这样的表白还是让她觉得太随便了。

什么叫"我挺喜欢你的"？那就是还不够喜欢。

陈艾想起和林宇嘉分手时对方说的话："陈艾，我是挺喜欢你的，但我们可能真的不太合适，现在我遇到合适的了，我希望咱俩也能好聚好散，别弄得彼此难看。"

多稀奇啊，喜欢，却不合适。说到底不就是不够喜欢嘛。

/年 /月 /日　　　星期　一　二　三　四　五　六　日　　□ 😊 □ 😮 □ 😠

□ _____

□ _____

□ _____

□ _____

□ _____

幻想一下：你理想中的
表白方式

"尚远这厮刚回来，家里也不知道有没有蜂蜜？"回到家，陈艾又忍不住担心起尚远来。

陈艾看着玄关处的日历已经好几天没撕了，看了眼手机上的时间，她顺手撕下了几页。

11月21日。

等一下，11月21日，陈艾这才明白为什么今天晚上林宇嘉不断给自己打电话，原来今天是她的生日。

没想到，林宇嘉竟然还记得自己的生日。

陈艾到厨房里给自己倒了杯热水，因为心不在焉，险些被烫到，也让她瞬间清醒过来。

她拿出手机，给林宇嘉打了过去。

"艾艾，你终于肯跟我说话了。"

"林宇嘉，何必呢。"陈艾的语气比自己想象中的还要冷静，"其实你很了解我，我就是一个锱铢必较的人，你也明白我俩是不可能了。不是你说的吗，好聚好散，我做到了，那你呢？到此为止吧，不要让我恶心你。"

陈艾没有给林宇嘉说话的机会，说完后便把电话挂了。

请别再假装
爱我了

和林宇嘉说清楚后，陈艾觉得自己轻松了不少，她想了想又给母亲打了个电话。

　　"妈，我没吵着你休息吧。"电话那头的母亲大概还在看电视，透过听筒，陈艾听见了《甄嬛传》的声音，这是母亲百看不厌的电视剧，陈艾不知道跟着一起看过多少遍，一听便知道，这集甄嬛该从甘露寺回宫了。

　　"没呢，我跟你爸在看电视，今天是你生日，吃面了没？"

　　"吃了吃了，妈，最近天气冷了，你跟爸要注意身体。"

　　"放心啊，我跟你爸好着呢，倒是你啊，一个人在外多注意，上次说的那个喜欢的人，也不知道有没有什么进展，平时记得跟妈汇报一下进度哦！"

　　母亲的笑声透过手机传过来，让陈艾的周身都围绕着一股暖气。

　　与母亲通完电话后，陈艾起身想接一杯水，看到厨房置物架上的蜂蜜，陈艾有片刻愣神，然后拿着钥匙出了门，没有丝毫的犹豫。

陈艾到尚远家门口的时候，突然有了一丝胆怯。

来得这么突然，不知道他睡了没，也不知道他家里有没有别人。

想到这儿，陈艾像是下了很大的决心一般，按响了尚远的门铃。

她在心里默念：尚远，你今天才说挺喜欢我的，如果被我发现你家里有别人，你这辈子就都别想再见到我！

开门的尚远仍旧穿着吃饭时的那件灰色西装，这会儿看有些皱了，头发也乱糟糟的，回来后估计就睡在了沙发上。

看到陈艾，尚远很是意外："你怎么……来了？"

"我给你送个蜂蜜就走。"陈艾突然紧张起来。她把蜂蜜放在尚远家门口的鞋柜上，然后准备离开。

尚远眼疾手快地抓住了她的手腕。

陈艾本想挣脱的，但是男女的力量差距导致她没办法挣脱开。

谢谢你，爱着
如此平凡的我

尚远洗完澡从浴室出来，看到陈艾像只小蜜蜂一样在厨房里团团转，忍不住朝她走去。

感受到身后有人抱着自己的腰，陈艾一惊，想要挣脱。

"乖，别动，我抱一会儿。"

尚远的语气里带着些许的疲惫，陈艾觉得有些心疼，真就不动了。

尚远的头发还没擦干，刚洗完澡身上还有淡淡的肥皂味儿。感受到尚远正低着头在自己的耳边呼吸，陈艾有些局促，不敢看他。

"那什么，你先把蜂蜜水喝了，不然明天会头疼。"陈艾在尚远的怀里转了个身，跟他面对面站着，陈艾感觉到自己的脸在发烫。

"好。"

陈艾比尚远矮了一个头，此刻看到尚远喝水时喉结在滚动，鬼使神差般咽了〇〇水，这个小动作也落在了尚远的眼里。

尚远喝完蜂蜜水，他看着自己怀里的陈艾面若桃花，睁着大大的眼睛看着自己，再也忍不住说："想接吻吗？"

陈艾听到后脸更红了，把头低下去说："不想。"

话音刚落，她就感觉到尚远把她的下巴抬了起来，待她反应过来想要去推尚远，尚远已经紧紧地把她抱在怀里。尚远用一只手遮住了陈艾的眼睛，然后先是轻轻地啄了一〇，紧接着趁陈艾不注意长驱直入……

"喂，我刚刚说的是不想。"陈艾一开口就发现自己的声音并不是想象中的中气十足，而是多了几分撒娇的温柔。

"可我想，我今天看到你的时候就想。"尚远耍起浑来倒是一点都不害臊，陈艾纵使平时再大大咧咧，也抵抗不了他的攻势。

"那抱也抱了，亲也亲了，我该回去了，你睡觉去吧。"陈艾推了推尚远。

尚远没动，继续道："我想和你在一起，一起吃饭、散步，走过春夏秋冬，把猫咪养得健健康康，给你们一个幸福的家。"

陈艾心里一暖，眼前好似浮现出他描述的那些温馨画面，一猫两人三餐四季，听着就让人感到幸福。

见陈艾发愣，尚远揉了揉她的头，说："我送你吧。"

"你别闹了，你这一身酒气的送谁啊，我自己打车走，到家了告诉你。"陈艾回过神，嚷道。

"那你开我车走，你一个人我不放心。"尚远本来是想要把陈艾留下的，但是想到两人刚确定关系，实在是怕把她吓到。

"也行，那你赶紧去床上躺着吧，我走了。"

陈艾在回家的路上不断回忆着刚刚发生的一切，明明她没喝蜂蜜水，可怎么就那么甜。

择一城终老，
遇一人白头

另一半的哪些细节会让你心动？

🔍

@ 清者自清：我特别容易生病，她每次都会把药分好放我包里。

@ 躲在树上的猫：雨停之后，风一吹，树叶上的雨滴落下的时候，他会用手给我挡着。

@ 梁七：晚自习下课，踩着单车送我去车站，看着我上车了他再掉头回家。

♫ # ⋮ @

扫一扫，参与讨论

我想和你过
猫狗双全的生活

第九章

有幸相爱

"宝贝，元旦你准备跟你家尚总怎么过啊？温泉酒店，有兴趣吗？"郝雅突然凑过来，弄得陈艾有些措手不及。

她跟尚远恋爱在公司已经不是什么秘密了，没办法，谁让当初陈艾说要考虑考虑，结果尚远就真的做出一副要追到她的架势，天天给陈艾点外卖，一日三餐，顿顿没落下，才送三天，就被郝雅那个大嘴巴传遍了整个公司。

"温泉酒店？雅雅姐你有路子？"陈艾最近工作强度大，听到郝雅说到温泉酒店不免有些心动。

"我本来准备约朋友一起跨年，谁知道他竟然临时加班，只好便宜你了。我把位置发你手机上，去了报我名字和手机号码办理入住，祝你跟尚总度过一个美好的夜晚啊！"

郝雅说完后还朝陈艾眨了下眼睛，陈艾假装看不懂她的暗示。

一辈子那么长，
我只想过自己想过的人生

到了酒店陈艾傻眼了，郝雅订的是一间情侣套房。

尚远一见这情况，瞬间心花怒放，连连称赞说："想不到你这同事这么有品位，竟然还有私汤，今天晚上我们可以一起泡温泉咯！"

话音刚落，尚远就感觉到小腿一阵酸麻。

陈艾踢了他一脚后，说："你别想太多，咱俩今天就是来跨个年，12点过了我就回家睡觉去。"

尚远却丝毫不在乎，甚至还找前台要了瓶红酒，陈艾在心里骂他厚脸皮的同时，心里隐约还有点期待。

呸呸呸，陈艾你想什么呢！

"乖，大过年的，来都来了，要不咱进去泡会儿？"

"大过年的，来都来了"，简单的八个字就动摇了陈艾最初的坚定。

许是看出了陈艾的动摇，尚远主动帮她把泳衣拿出来，然后说："那你先去泡着，我去餐厅看看有什么吃的，叫点吃的，咱们就不出去吃了。"

或许我的智力，

能够配得上你的喜欢

尚远点餐回来，看到陈艾泡在温泉里愉快地玩着水，白嫩的脸蛋经过温泉热气的熏蒸泛起了粉红色。

看到尚远回来，陈艾瞪着那双水汪汪的大眼睛说："有什么好吃的呀？"

尚远强忍住心里的渴望在池边蹲下来，冲在另一边的陈艾招招手。

陈艾见状来到他的身边，支着两条洁白如藕的胳膊，端着下巴抬着头问："怎么啦？"

尚远试着弯下腰去够陈艾的嘴巴，然而难度太大，最终在她的额头上印上一个吻，然后说："乖，先上来吃点东西，一会儿再泡。"

陈艾后知后觉地红了脸，脖子往上都浮现出好看的粉红色，尚远深呼了一口气，拿起旁边的浴巾给她围上，然后没等陈艾反应过来，便一个横抱把陈艾抱起来，吓得陈艾在他怀里一哆嗦。

房间里暖气开得充足，陈艾被尚远放在了榻榻米上，她用浴巾擦了擦头发，正起身准备去换身衣服，结果一转身露出后腰间的那片镂空。这下尚远再也忍不住了，一把就把她抱回怀里，让她坐在了他的腿上。

"故意的？"尚远的语气中带了一丝调笑。

"谁故意的？你放开我，尚远。"陈艾不傻，自然明白尚远在说什么。

"我不放，除非你亲我一下。"

陈艾感觉到了尚远不断飙升的体温，想着速战速决，便快速冲着尚远的嘴巴亲了一下。

谁知道尚远这货要诈，见陈艾冲自己亲了过来，故意扬起了脸，陈艾没亲到嘴巴，只亲到了他的下巴。

"喂！"

"笨啊姑娘，既然你不会亲，那就让哥教你吧。"

说完后尚远便托着陈艾的后脑勺狠狠地亲了过来，先是用舌尖描绘她的嘴巴，在她的唇边反复试探，见她配合地打开了牙关，他便不再客气，立马追逐而上，把她的舌头勾过来。

不知道过了多久，尚远终于停了下来，用额头抵着陈艾的额头，声音低沉，带着几分缱绻说："小鬼，我好喜欢你。"

大大方方地说爱，
胜过世上所有的甜言蜜语

两人吃完晚餐，尚远去洗澡，陈艾躺在床上思考着晚上要怎么睡觉。

尚远从浴室里出来，就看到刚才还在张牙舞爪说要一起跨年的小姑娘已经睡着了，被厚厚的被子包围着的陈艾只露出一张小脸，尚远一眼看过去，心里软得不像话。

23点59分，尚远轻手轻脚地掀开被子的另一侧，把陈艾抱在怀里。

"10、9、8、7、6、5、4、3、2、1，新年快乐，小鬼。"

睡梦中的陈艾并不知道，这个晚上有一个男人自私地向远方的天空要了一个新年愿望。

"往后的每一个新年，都要让她在我身边啊！"

有哪些甜掉牙的恋爱瞬间？

@ 李李：早上起来隔壁有装修的声音，他意识模糊，下意识动作就是捂我耳朵。

@ 美丽黎女士：睡觉一定是抱着入睡，可能半夜会各自分开，但是只要一触碰到对方，即使是睡梦中无意识他也会一把搂住我。

@W 小姐：他第一次见我的时候抱我，然后我一下踩到他脚了，挺疼的吧，但是他笑得好开心啊，我也好开心。

 ♫ # ⋮ @

扫一扫，参与讨论

你有多努力
就有多幸运

第十章

一猫两人
三餐四季

尚远坐在椅子上听公司领导总结这一年来嘉禧取得的各项突破，尤其是两个弘祥广场正式开业，给集团带来了很大的利润增长。

坐他后面的市场部的丁琨趁机凑过来，用只有他们两人能够听到的声音说："老大，估计你快要高升了。"

高升？此刻的尚远只觉困意如潮，哈欠连连，心中并无其他的想法。

刚跟陈艾一起度过了三天假期，他第一次体会到谈恋爱还真的蛮"累人"的。

如同事所议论的一般，会议刚结束，尚远便被董事长召见。

"尚远啊，人事那边会在明天上班前发布你的任命文件。其实这个文件去年我就让他们拟了，后来因为一些原因搁置，你自己也应该清楚。不过现在也很好，新年新气象，恭喜你！"

"小鬼，哥高升了！"

收到微信的陈艾隔着屏幕"切"了一声，然后回复他："等着吧，再过一年，姐也可以！"

□

□

□

□

□

好的愛情是
一起成为更好的人

部门聚餐，尚远坐在主位上，接受着一轮一轮的敬酒，心中大喊"要命"。

觥筹交错间，他给陈艾发了条消息，让她来"救"自己。

陈艾来时没想到竟然有这么多人在，其中还有几个人跟尚远一起来云象开过会。

"叫嫂子！"尚远一点都不害臊，拉着陈艾的手向众人介绍。

"小嫂子好！"

陈艾第一次被人叫嫂子，恨不得找个地缝钻进去，看向尚远的眼神都带了几分埋怨。

一群人闹哄了一会儿就准备散了，陈艾去取车，丁琨陪着尚远站在酒店门口等着。

"老大，其实有件事我觉得你应该知道。小嫂子之前找过我，要上次调查你的巡察组的公开邮箱。后来听说她干干给巡察组的邮箱发邮件，说明事情经过，证实你的清白。虽然听起来好像是在帮倒忙，但是她这个人对你是真心的。"

丁琨的每句话都像电流一样击在尚远的身上，原来她说的要保护他，是真的要保护他。

冬夜里的秘密比春日的暖阳还要温暖，那是除家人以外，第一次有人在保护自己。

你遇到的
那些藏在爱里的小事

"乖，过完年早点回来，好不好？"

"嗯。"

许是快要过年了，回家的人比较多，去机场的路上有些堵车，路两边挂着的红色灯笼在冬夜里发出温暖的光。

到了机场，尚远从后备厢里拿出提前给陈艾准备好的给她父母的礼物。

"我今年过年要帮我爸妈搬家，就不去看你了，等年后咱俩都空了，我再跟你一起回去拜访他们。对了，记得跟他们说，这是你今年最后一年在家过年了，让他们把红包给你包厚点。"

原本感动不已的陈艾听到最后一句话破涕为笑，她吸了吸鼻子，伸手抱了抱尚远，然后说："我才不！明年也还在家里过年！"

尚远看着正在安检的陈艾的背影，突然，陈艾回过头来，她的头发软软地披着，笑起来的时候两颗小虎牙又露了出来，因为机场的空调比较足，脸颊上飘着一层浅浅的粉色。

这一刻，尚远好想跟着她一起走。

原来爱一个人，是可以有无数次心动和冲动的啊！

喜欢你的人， ❀
一定会来找你！

零点将至，陈艾家外面已经响起了鞭炮烟花的声音，想到B市不允许燃放烟花爆竹，她突然有了个主意。

她喊上爸爸，拿上白天刚买回来的烟花，到楼下给尚远打了个视频电话。

尚远接通视频后，就看到陈艾戴着兔子状的耳罩，小小的人在镜头里跟他挥了挥手，然后大喊："尚远，我放烟花给你看。"

接着陈艾便拿着打火机点燃了烟花，然后捂着耳朵从镜头里消失了。

瞬间烟花绽开，绚烂夺目。

烟花几分钟就放完了，尚远对着手机说："乖，把相机调回前置让我看看你。"

然而下一秒，他看到一个跟陈艾眉眼相似的男人对着镜头冲自己笑着说："小尚是吧，有空来家里坐坐啊。"

尚远原本极为灿烂的笑容瞬间凝固，然后说出了后来每次过年都要被陈艾拿出来笑一遍的话。

"好的，爸！"

老陈也是没想到尚远竟然开口叫自己爸，倒是陈艾反应过来要抢手机，用"愤恨"的语气说："这是我爸！你叫谁呢！"

老陈听后哈哈大笑，接着非常洪亮地应了一声："哎！"

这时候不知道谁喊了一声："23点59分啦！"

老陈听到后赶紧把手机扔回陈艾的手里，匆匆上楼准备跟自己老婆迎接新年，留下陈艾和手机里的尚远红着脸看着对方。

尚远永远都记得这一年，他隔着屏幕看过世上最好看的烟火。

陈艾也永远都记得这一年，她隔着屏幕听到了世上最美好的告白。

"小鬼，明年今日，做我的新娘吧。"

晚点遇见你，
余生都是你

过完年回来，陈艾变得尤为忙碌。去年陈艾的表现十分亮眼，韩忠明在开会时强调，以后要多挖掘新生力量，多给年轻人机会，因此校招的名额从去年的一个增加到今年的10个。

去年过五关斩六将才进了云象，谁想到今年竟然扩招了，陈艾不禁感叹自己真是生不逢时。

在微信上跟尚远吐槽这事，尚远倒好，说："哪怕今年再招二十个人进来，也不会有一个人比你能干。"

这话说的，虽然对其他人不公平，但是不妨碍陈艾听着高兴啊！

于若楠走了以后，策划部虽然一直都是韩忠明亲自在带，但落在陈艾身上的工作也越来越多，把她累得够呛。

陈艾才刚忙完B市一场大型红酒品鉴会的活动，又被人力资源部召唤去传媒大学做宣讲。

再回母校，陈艾心里五味杂陈，要知道曾经她也是坐在台下的一员。

结束后尚远来接她，陈艾带他逛了会儿校园，挽着尚远的胳膊边走边向他介绍："这里是实验楼，这里是图书馆，我的宿舍在文园6栋，今年已经改成了男生宿舍……"

尚远就这么听她说着，随着她的视线一眼一眼地望过去，就好像又陪她一起经历了一遍青春。

两个人又跑去小吃街扫荡一圈，陈艾看着身边穿着浅蓝色衬衫挽着袖子吃着臭豆腐的尚远，站在一众学生中显得格格不入，可又极其好看。

"想不到尚大爷也有今天！"

"怎么着？第一天认识你大爷啊，我吃过的路边摊不比你少！"

夕阳西下，落日余晖。

尚远许下承诺："既然我没能陪你一起长大，那么就一起变老吧。"

承蒙你出现，
够我喜欢很多年

@ 虾仁球：一眼看到头的日子还愿意坚守初心。

@ 龙青瑶：谈到能把彼此当作生命中不可缺少的一部分，又或是家人一样。

@ 官官：双方都觉得彼此就是未来值得一起走下去的人。

@Me：对于对方和对方的家庭有足够的了解，两个人对于以后的生活都有了充分准备，两个人比一个人生活更美好的时候。

扫一扫，参与讨论

曾经在我备忘录里的女孩，
你还好吗？#

● @ 王新立：

刚谈恋爱那会儿，会经常用备忘录，记下她的各种
喜好，记下各种重要的日子，等等，后来分手了也
舍不得删。后来我好像再也没用那种状态去喜欢过
一个人了。

@liar：●

有些喜欢，如果一直放在心里，过了某个时间点，
似乎就永远只能放在心里了，不过有时候回想起
来，会觉得是美好的，这种感觉也挺好的。

♪ # ⋮ @

扫一扫，参与讨论

男生是真的没有鉴别"绿茶"的能力吗？

@ 亚青：怎么说呢，有的男人确实憨憨的，或者是自己某方面不太自信，有人表现出一点对他的喜欢他就很容易不清醒，我一朋友就是这样，很招"绿茶"。

@ 玉子：男生很聪明，不是不懂什么是"绿茶"，只是针对自己喜欢的"绿茶"，可以选择性不懂。

@ 冉冉：懂，但是没必要特别懂，甚至表明自己懂，强调自己懂。

♫　#　@

扫一扫，参与讨论

男生的哪些行为才算真的爱一个人？

@ 买茶找小马：主动带她去认识我的朋友或者家长。

@ 米 oo：一见到她就笑，傻笑，哈哈。

@shero：过马路的时候，永远拉着她走，让她靠着马路牙子，自己走有车的那边。

♫ # ⋮ @

扫一扫，参与讨论

#放弃一个喜欢了好久的人是什么感受？#

@山茶：像红花褪去了颜色，像湖水泛不起波澜，没有崩溃，没有大哭，就只是我人生路上平淡日子的点缀。

@Mila：大概就是我爱过你，而不是我爱你。

@君爷：是向别人提及她时，只有一句发自内心的、平静而温柔的"我和她都各自安好"。

扫一扫，参与讨论

你会和前任做朋友吗？

@ 我的小熊不见了：不会。真正爱过的人没法做朋友，让你心动的人不管以什么方式相处都还是会心动。

@BI880：不会，分手一定要断干净，这是对下一任的尊重。

@Courage：我可以，毕竟曾经也是好朋友，但是不越界。

♫　#　⋮　@　　　　　　　　　　　　　　🧭

扫一扫，参与讨论

分手后的哪一刻，你觉得她真的离开你了？

● **@ 鑫泽:**

分手后的第二天，她就把家里她的东西都拿走了，打开衣柜，发现变空了，杯子里只剩一个牙刷了……

@Karl0813: ●

后来喝多了，给她打过一次电话。她说已经谈恋爱了，现在很幸福。

● **@ 南柯:**

在还没分手的时候，她就跟我冷战，然后朋友告诉我，我被绿了，那时我就觉得不是她真的离开了，而是我应该离开了。

♫　#　⋮　@

扫一扫，参与讨论

你为她做过的最浪漫的事？

@ 枫：义无反顾地和她在一起。

@ 雁留声：陪着最爱的人，去见她的父母。

@ 小饼干：亲手做了一个纯锡的茶托，从剪片开始，到成型、打磨、抛光，做了一整天，在底部手刻了四个字：心想事陈，因为我姓陈，希望她心想事成，心想是陈，准备送给喜欢的人。

♫ # ⋮ @

扫一扫，参与讨论

什么时候开始你和她失去了分享欲？

@ 奈奈：发现对方不需要我的分享甚至觉得我很烦的时候。

@ 青山：她真的很忙很忙，忙到不能听我说一分钟的话。

@ 一一：聊天的次数越来越少，话题越来越干，时常失联。

♫ # ⋮ @

扫一扫，参与讨论

分手前有哪些征兆？

@ 夏诺：给她发信息不回，却有时间发朋友圈。

@ 南笙：大概就是从满眼都是我，变成了满眼都是烦躁。

@ 爱哭鼻子的小猫：变慢了，语气变淡了，一切都变得理所当然了。

扫一扫，参与讨论

最近一次怦然心动是因为什么？

———————

@ 话梅：在她眯着眼睛对我笑的时候吧。

@ 夏目：她快从我们教室经过时给我发消息说："我要经过你们教室啦。"

@ 村里春树：买了束花，送给她的时候，这是我第一次送花，去的路上心怦怦跳，给的时候手也颤。

♫　#　⋮　@

扫一扫，参与讨论

是什么原因让你不想谈恋爱？

@ 微风：没有希望就不会失望，把希望寄托在别人身上太被动了。

@ 二三：为了避免结束，干脆避免开始。

@ 夏小雯：觉得挺没必要的，恋爱虽然能带来快乐，但一个人也可以很快乐。

♫ # ⋮ @

扫一扫，参与讨论

暗恋时有哪些让人难过的瞬间？

@ 一杯奶茶: 对她的喜欢, 只有我自己知道, 不敢跟别人表露。

@ 倩: 我发十条微信, 她只回一条。

@ 安楠: 一次次鼓起勇气准备告白, 又一次次打退堂鼓。

♫　#　⋮　@

扫一扫, 参与讨论

"

@ 小小彭：她之前喊我乖，然后我在身上文了一个"乖"字。

@ 梦中人：逃课坐车去她的城市只为见一面。

@ 晨曦：每天为了和她一起出门，制造偶遇。

@ 颖颖：为了见她，跨越 1400 公里，第一次自己坐飞机到她在的城市。

"

扫一扫，参与讨论

男生的哪些行为代表着不爱了？

@ 冰萃：当你要猜他是不是爱你时，那他就是不爱你。

@ 小赛：当你觉得他有点无聊的时候，并不是他无聊，而是他不太想和你聊。

@ 无独有偶：一问一答，甚至有的礼貌性回复也都没有了，无视你所有的消息。

♫　#　⋮　@

扫一扫，参与讨论

把喜欢的人删除了，是一种怎样的感受？

- @ 欧阳
  那一刻心情犹如暴风雨一般，但是谁也看不见。

　　　　　　　　　　　　　　　　@ 皮皮霞：
　　　　　　　　像一个点出发的两条射线，再也不会有交集。

- @ 草莓芝士：
  是空空荡荡，是嗡嗡作响，是明知不可为而为之后的不得不放。

　　　　　　　　　　　　　　♫　#　⋮　@

扫一扫，参与讨论

你最近一次放声大哭是因为什么？

@ 冷场达人：翻着前任的照片打电话，她是笑着接的。

@f 先生：发现梦想只是幻想，而现实是事实的时候。

@ 森：异地恋突然很想对方陪的时候。

♫ # ⋮ @

扫一扫，参与讨论

#对一个人念念不忘，是一种怎样的感觉？

@默默：或许就是想联系却又不敢联系，怕她过得不好，又怕她过得太好吧。

@冰冰：大概是想放下又不舍得，不再无时无刻想着，却是在记忆最深处，不可抹去。

@晴：只要她说见我，不管在哪我都第一时间去见她。

@大象：明明那个人不在身边，却偏偏又无处不在。

扫一扫，参与讨论

你最不能接受的分手理由？

@ 甜甜：我对你没有男女之间的感觉了。

@ 代表太阳温暖你：我爱你，却没办法在一起。

@ 落日弥漫的橘：我感觉自己好像从没了解过你，找不到最初认识的感觉，你已经不是我最初认识的那样了。

@ 提提：边说我很好，边说我们不合适。

♫　#　⋮　@

扫一扫，参与讨论

恋爱中的哪一刻，
你觉得自己被爱着？

• **@ 栗子同学：**
我在看剧，她已经睡了，中途醒了，跟我说了一句
"爱你"又睡了过去，觉得她又傻又甜。

@ 来日方长： •
无意间说她走路太快了，之后她会放慢自己的脚
步和我一起慢慢走。

• **@ 曦儿：**
默默记下我喜欢的东西，那些喜欢的东西会突然出
现在我面前。

♫ # ⋮ @

扫一扫，参与讨论

哪一刻你确定身边的人就是对的人？

@ 孜然：突然发现，在我构想的未来中，总是有她。

@ 叶子：我愿意把好吃的第一口让给她。

@ 世杰：不是那个让你五味杂陈的人，是那个让你安心入睡的人。

♫ # ⋮ @

扫一扫，参与讨论